# 序章

小真全身長滿毛呢。
我還以為他是猴子。

晚上……他會哭叫呢。
所以要一起睡喔。
不可以一個人
玩耍。

你不知道嗎？
拐小孩的壞人，
就站在電影院後頭喔。

TOMINO THE DAMNED

by
SUEHIRO MARUO

# 托米諾的地獄

# 1

丸尾末廣

托米諾的地獄

# 托米諾的地獄 1

## 目次



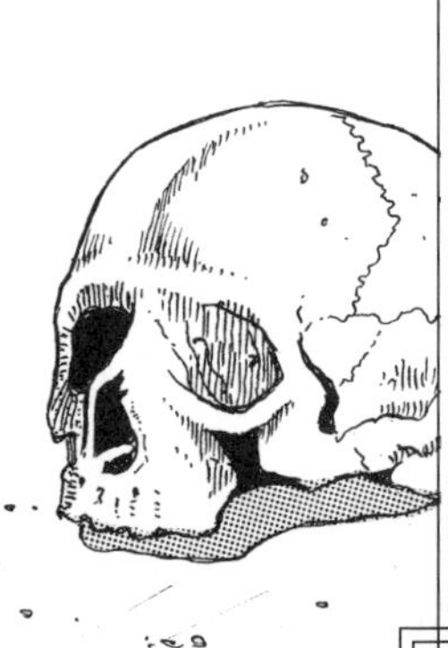

第一章 地獄開端（一）

我還記得，我們被拋棄的那一天的情形。
我們還不滿一歲。
要幫我向哥問好喔。
抱歉了⋯⋯

那時
下著雪。
是誰
在哭？
媽媽嗎？
那個人
搭火車
走了。
ボオオオオ
（叭——）
ヒュ～
（咻——）
松田
ガタ
ガタ
（喀答　喀答）

ゴオオオオォォ
（轟——）
我們那時連名字都沒有喔。
聽說是雙胞胎，一男一女。
昌江那傢伙跟畜生一樣會生。
粗本
天空
跟畜生一樣會生是什麼？
給兄長
昌江

把這種小鬼塞給我，
自己在東京自由自在過活。
（噹噹噹）
（噹）
「每個月會寄扶養費。」
「名字由你們來取。」
什麼啊，連名字也沒有啊。
（驚）
哇
哇
哇
哇
哇
哇
哇
哇

哇哇
哇
ド 哇
(咚)
啊
哇
啊
ド 啊
啊
(咚)
哇
THE FRUIT OF THE ORIGINAL SIN
熊童子
ド 哇
(咚)
啊
哈哈
哈哈
哈
さわらないでネ*
*請勿觸摸
ド
(咚)
ドド
(咚咚)

※章魚娘　　ド（咚）　　ド（咚）

＊畸形？原形？神之子？　　（咚　咚）

（答 答 答答 答 答 答答 答）

（咚咚）　　　　　　　　　　　　（咚 咚咚）

（答答答答答）
（噹噹噹）
（答）
（答）
（噹）
（咚）
腳沒在動。
啊
為什麼會有聲音啊？
不，是真的啊。
那腳是假的啊。
（答答答答答）
（咚）
（噹 噹 噹 噹）

蛸娘
（咚咚）
（啪啦啪啦啪啦）
（咚咚咚）
嗯！
好噁心!!
出口是另一頭喔！
看完再付觀賞費！
（咚咚）
別怕喔。
新來的孩子。
麻煩了。
（咚咚）
（咚）

你們是？
味噌。
醬油。
哈哈哈哈哈哈
哈哈哈
哈哈
哈哈哈
哈哈，那啥名字啊!?
？

味噌～味噌～
醬油～
醬油味噌～
大家都在笑我們的名字呢。
為什麼？
我們總是餓著肚子呢。
所以你才吃了那個白色的蟲吧。
那戶人家為什麼要養那種蟲呢？

※譯註：養蠶業者用詞，指蠶飾腹寄蠅的幼蟲。

ササ
サ
サ
(沙~~沙~~沙~~沙~~)
不過，我很喜歡那蟲子吃樹葉的聲音喔。
聽了會很想睡。
サ
(沙~~)
味噌!!
醬油!!
啊!!
ドン
ドン
(咚咚)

不准睡在蠶大人上面!!
會遭天譴的!!
今天的飯菜，你們兩個都沒份啦!!
嘻嘻嘻
笨～蛋！笨～蛋！
さくら
日本
海山
吃下去！
嘻嘻嘻嘻

吃!!
啊！
喂～～～～!!
咕喳
咕喳
（咚）
ドカ
（叩隆　叩隆　叩隆）
ゴト
ゴト
ゴト

「親子」是什麼？
「兄弟姊妹」是什麼？
那條河的另一頭有什麼？

味噌！
妳又舔了砂糖吧！
我沒有。
不准說謊！
（啪）
好痛。
今天不准妳吃飯！
唔…
跑啊！
跑啊！

（喀沙）
カサ
（喀沙 喀沙 喀沙 喀沙）
カサ
カサ
カサ
（喀沙 喀沙）
カサ
カサ

這傢伙就是味噌嗎？
是醬油啦……哎，身體髒死了。
啊！
是胎記!!
他身上有胎記！
真不吉利呀！
看得我發毛啊!!
真不吉利呀！
看得我發毛啊！

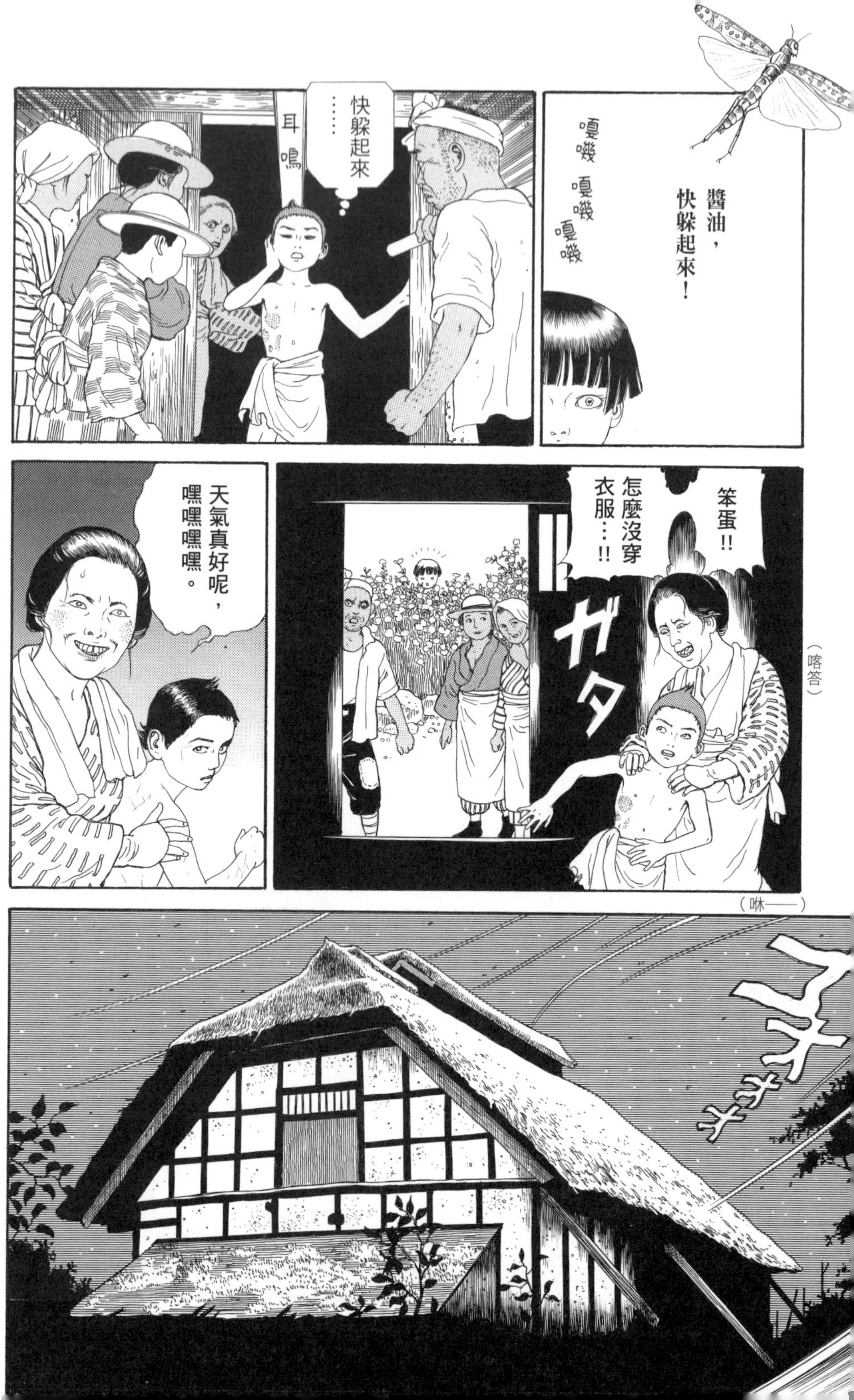
醬油，
快躲起來！
嘎嘰
嘎嘰
嘎嘰
快躲起來……
耳鳴
（喀答）
笨蛋!!
怎麼沒穿
衣服…!!
ガタ
天氣真好呢，
嘿嘿嘿嘿。
（咻——）

フオオオオ
（咻——）

（咻——）
這兩個傢伙身上都有胎記。
把他們弄到其他地方去是不是比較好啊……

(沙～～ 沙～～ 沙～～)
(沙～～ 沙～～ 沙～～)
ザ
醬油去哪了？
我不准他吃飯。
我也不吃。
醬油，不可以吃蟲！
醬油，不可以…
不可以吃蟲！
(沙～～ 沙～～ 沙～～)

呀！
（砰）
（握）
咕喳
咕喳
嘔

喂！
ガタン
（喀答）
你們兩個都不是我們家的小孩！
是別人給我們的!!
這種事，我早就知道了。
那種虎姑婆不可能是我們的媽媽啊。
ゴォォ
（咻——）

我們又被拋棄了。不對，是被賣掉了。
那天也下著雪。
ゴォォォ
（咻——）
對方會讓你們去學校喔。
學校……
拜託了。
過來。
ギッ
（嘎吱）

學校是什麼？
可以吃很多飯的地方嗎？
對啊，可以吃很多飯喔。
嘻嘻嘻。
嘻
嘻
嘻
嘻
嘻
嘻
嘻
嘻
（喀喀喀）
那一天，我們第一次搭了一種叫地下鐵的東西。

カガガ
（喀喀喀）
ガガガガ
（喀喀喀）
好可怕啊！
我也好怕喔～
ギギギイ
（嘰嘰嘰）
ドドン
（咚咚）
ガァ
（嘎——）
ドドン
（咚 咚）
ガァン
（嘎——）
上野 万世橋 行のりば

（咚咚咚）

ドン
（咚）
哎呀，真抱歉呢。
ガラガラ
（喀啦喀啦）
ガラガラガラ
（喀啦喀啦喀啦）
等等!!
手腳這麼不乾淨，真是無恥的小鬼!!
ドンドンドン
（咚咚咚）
嘻嘻嘻嘻嘻。

這裡是花屋遊樂園喔。
位置很近，隨時都可以來玩呢。
嘰
咚咚咚咚咚
ドドーン
（咚咚）
看！
就在那裡了。
咚
鏗鏘
鏗鏘
鏘
咚
咚
鏘
咚
嘿

咚
ドン
（咚）
吱
咚
ドン
（咚）
吱
ドン
（咚）
ドン
（咚）
叫什麼名字？
新面孔嗎？
味噌。
醬油。

第一章 地獄開端（二）
呵呵呵呵呵
呀哈哈哈
SPOOK

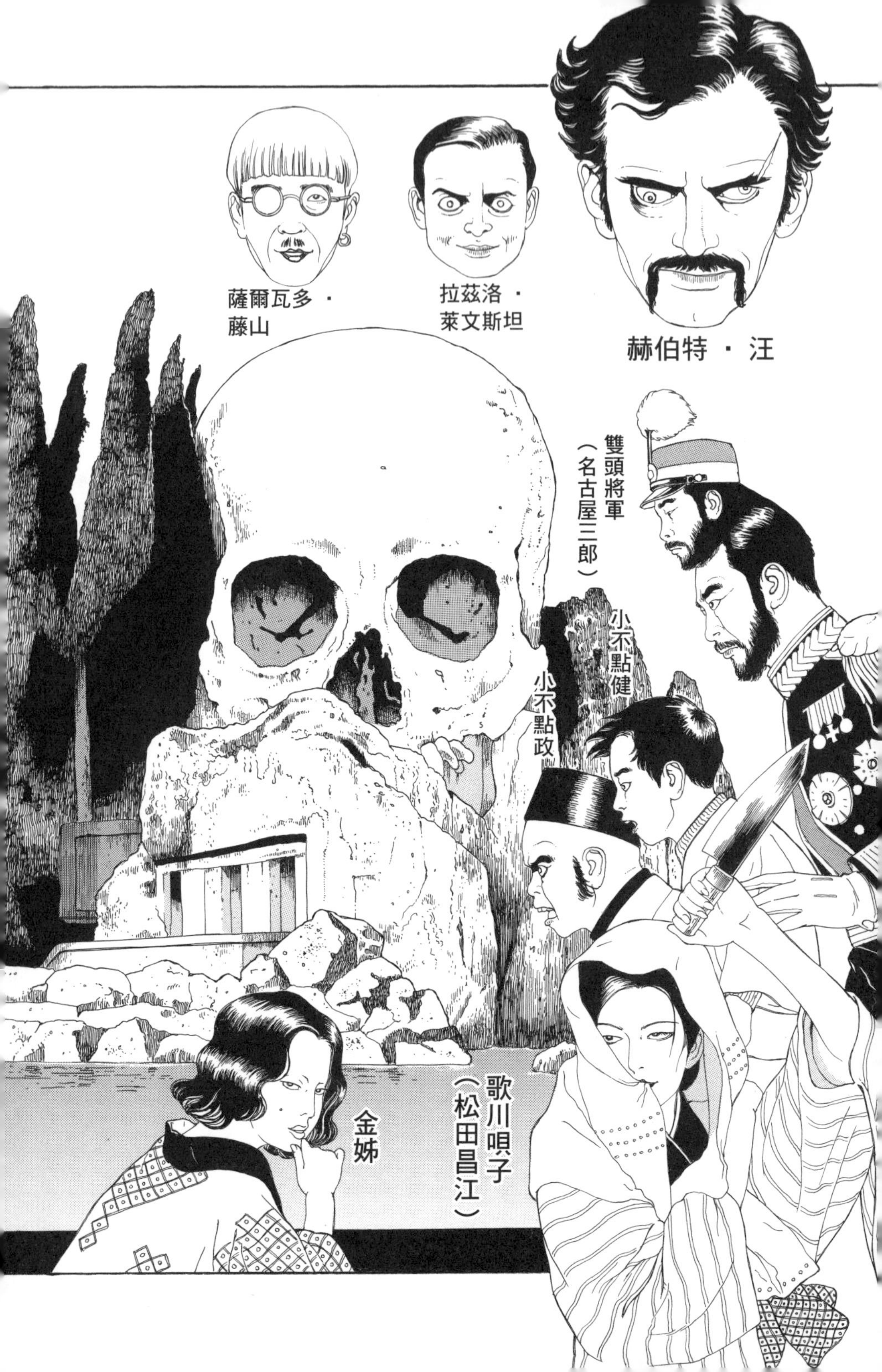
赫伯特・汪
拉兹洛・
萊文斯坦
薩爾瓦多・
藤山
雙頭將軍
（名古屋三郎）
小不點健
小不點政
歌川唄子
（松田昌江）
金姊

# 〔人物介紹〕

ドン
（咚咚）
ピィ
（嗶——）
ドン
哎呀呀！
ズッ
（沙）
ドン
（咚）
スー
啊！
逮
抱歉！
スッ
（唰）

（嘰喀）
哇啊！
（啪喀）
咿
呀啊啊啊啊啊!!
（咚咚咚）
啊
啊
啊
啊
啊
啊
（咚咚咚咚）

哈哈哈哈
味噌和醬油，
真屌的名字呢
哈哈哈哈
哈哈哈哈
你們，
在笑啥啊？
因為呀——
汪先生要來囉！
汪……！

那，我先告辭了——
喂，小鬼們，
這是你們老大喔。

（啪啪啪）

＊汪表演團

※連體雙胞胎：身體一部分相連的雙胞胎。＊剖腹生產

我們和那些孩子立刻打成一片呢。
沙～～沙～～
喂～
旗子濕掉囉～
沙～～沙～～

肚子餓了吧？
豆皮烏龍麵好囉。
雨！下雨了!!
（砰咚）
噓。
呼
呼
呼
呼

サッ
（沙～～ 沙～～）
聽著雨聲，就會變得想睡。
雨聲和蠶吃桑葉的聲音很像。
サッ
サッ
サッ
（沙～～ 沙～～ 沙～～）
サッ
（沙～～）
哼，死種馬……
サァー
（沙～～）
不行啊，不能在這種地方……

ボム
（砰）
唔！
ゴッ
（咚）
（砰）
再認真一點打！
我要靠小不點※的拳賽撈錢。
唔！
ドスッ
双頭將軍
バタ
（啪）
嘖
我已經四十歲了。
拳賽我沒輸呀。
呼
呼

※小不點：侏儒的委婉稱法。

（啪沙）

脫掉帽子嘛。
抓
スポッ
（啵）
啊。
滿嘴屁話~
我的女人滿嘴屁話~
ペリペリ
（劈哩）
滿嘴屁話~
怎麼？
パ
（啪）
這是帽子啦。

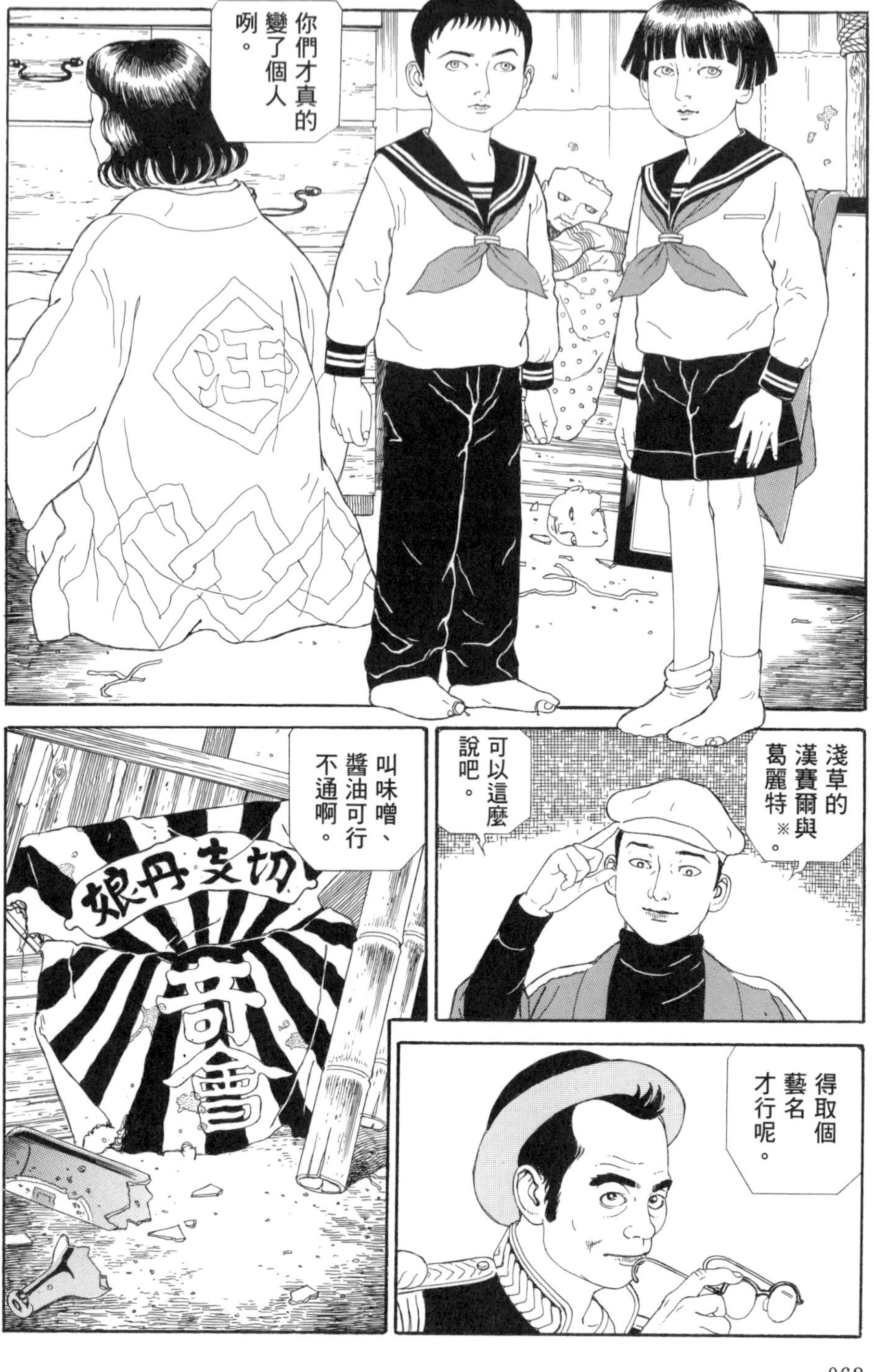


※編按：格林童話〈糖果屋〉的主角姊弟。

吁吁吁吁吁吁吁吁吁吁吁吁
呼呼呼呼呼呼呼呼呼呼呼呼呼呼呼呼呼呼呼呼
哈哈哈哈哈
搞不好意外有拉客效果呢。
哈哈哈哈哈哈哈

去買東西。
金姊呢？
咦？
名古屋先生，你要去哪？
井玉※。
你還真愛呀。
哎呀，妳真了不起呢。會照顧小孩。

※ 井玉：玉之井，位於東京都墨田區向島的私娼窟，永井荷風《濹東綺譚》的舞台。

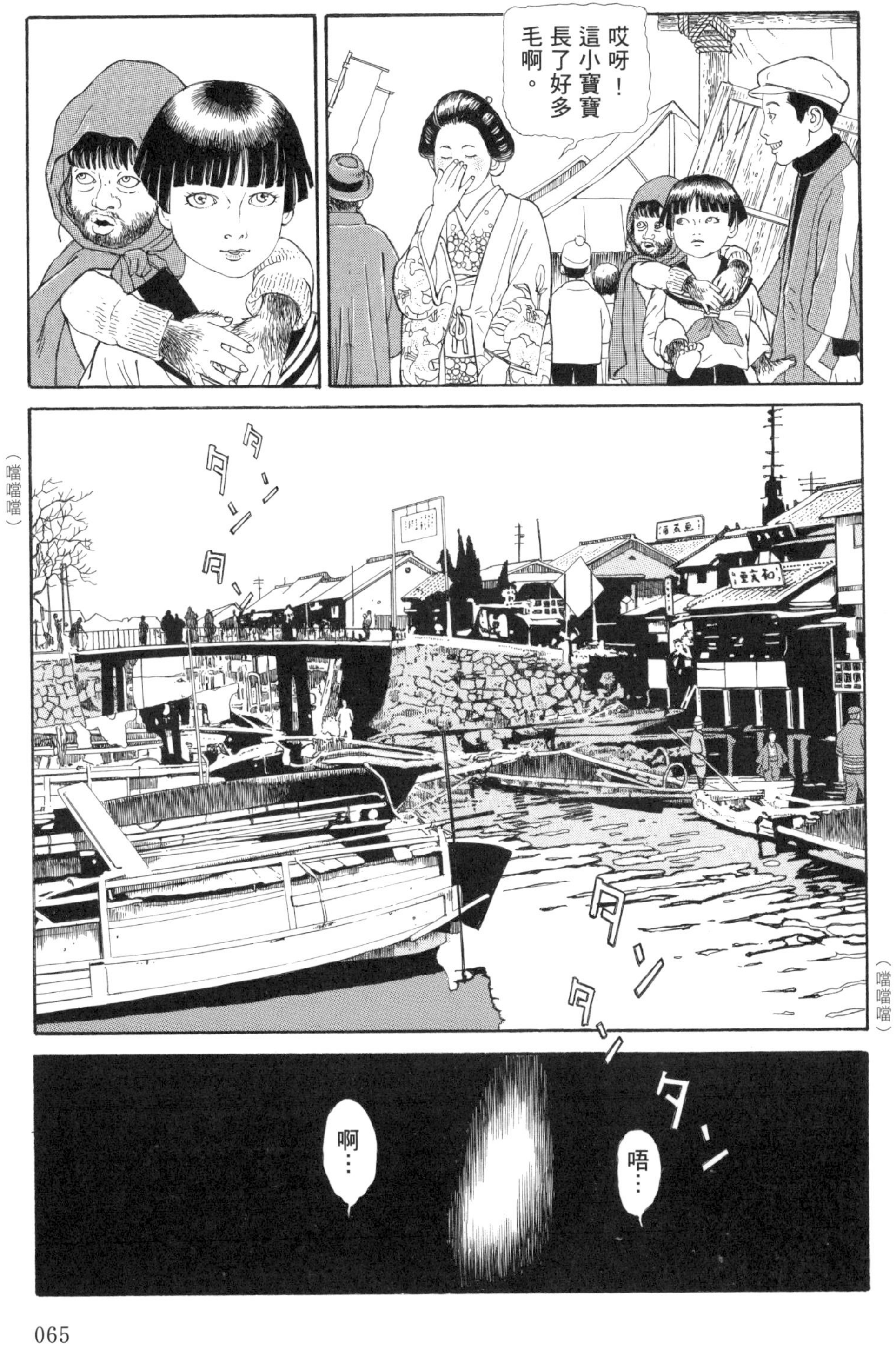
哎呀！這小寶寶長了好多毛啊。
（噹噹噹）
タン
タン
タン
（噹噹噹）
タン
タン
タン
唔……
啊……

啊
啊
啊
啊
ギュッ（嘎吱）
唔……
你膽子還真大呢。
就「吃不完兜著走」是吧。
要是被汪知道……

旅館小泉
御
カタン
（喀答）
妳生了汪的孩子嗎？
生了呀，
但我養不了，
送人了。
電氣ブラン
DENKI BRAN
汪有幾個小孩啊？
我不是很清楚，
不過大概有十五……不，二十個左右。
二十個!!

生了那麼多，卻一個也沒相認。
THE FRUIT OF THE ORIGINAL SIN

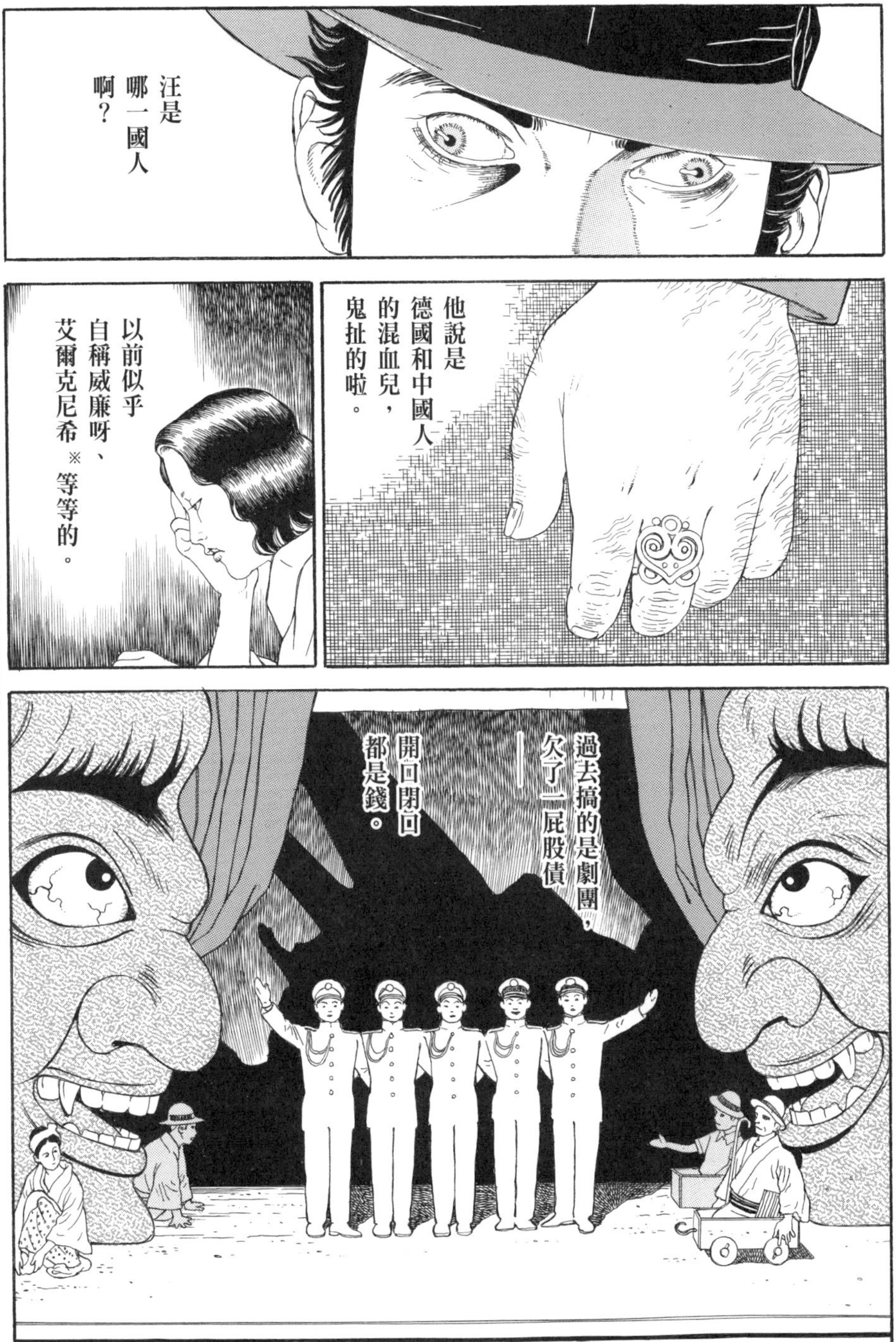
汪是哪一國人啊？
他說是德國和中國人的混血兒，鬼扯的啦。
以前似乎自稱威廉呀、艾爾克尼希※等等的。
過去搞的是劇團，欠了一屁股債——
開口閉口都是錢。

※譯註：Erlkönig，歌德的敘事詩《魔王》原文標題。

章魚娘愛麗絲，
也是汪從
上海的街頭藝團
那裡搶過來的啊。
為了女人和錢，
汪什麼事
都幹得出來。
（咚咚咚）
那個
脫窗眼混蛋
到底有什麼
好的？
是雞巴
特別大嗎
……？
（咚咚）

咦!?
你們記得自己被拋棄時的情形？
不會吧，
你們那時候甚至不到一歲，怎麼可能記得啊。
不對，會有記憶。
我記得自己出生時的情形!!

我一出生
就被宰了。
他們把我
包在油紙裡，
埋進土中。
（咻——）

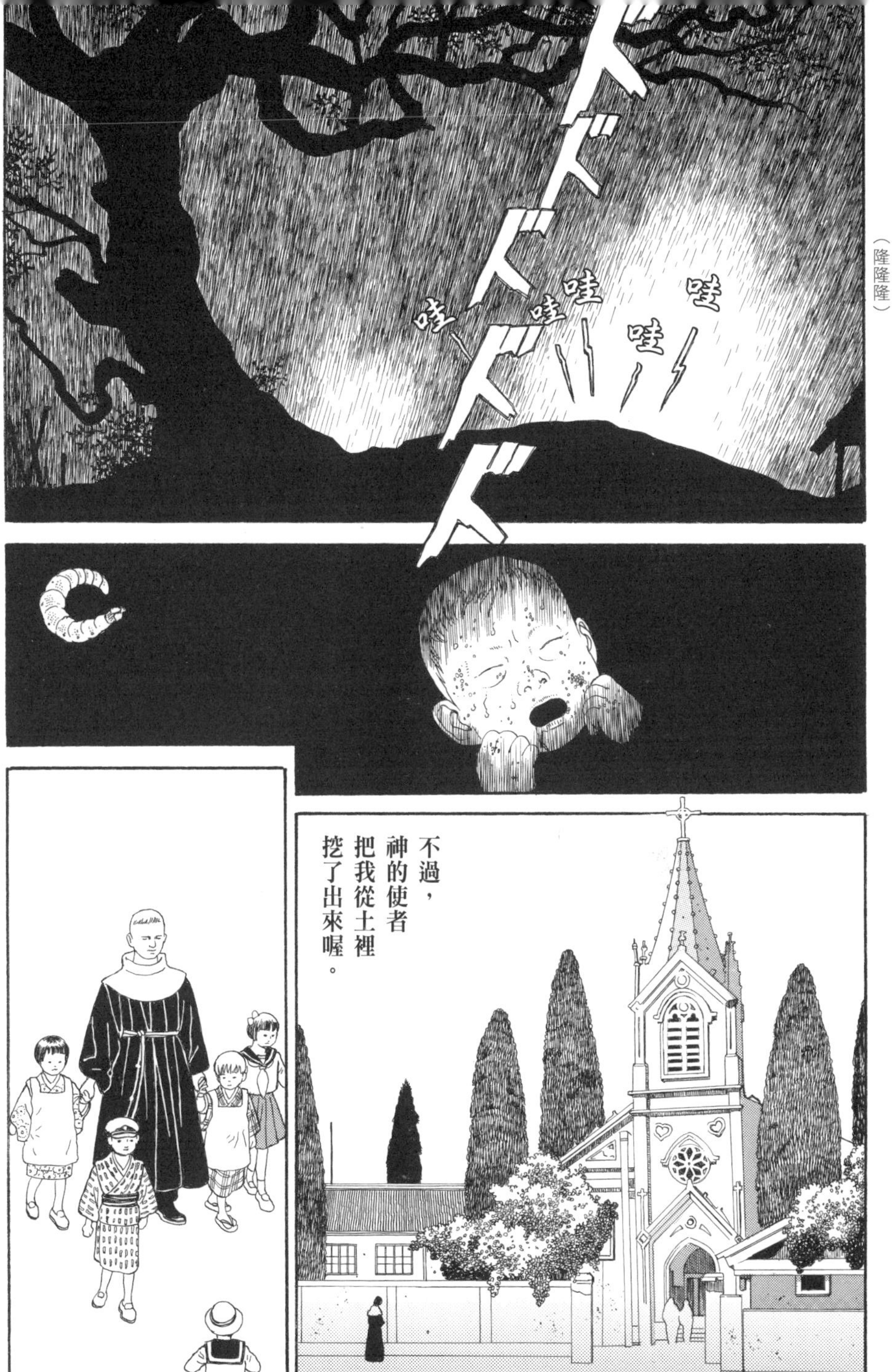
（隆隆隆）
哇
哇
哇
哇
不過，
神的使者
把我從土裡
挖了出來喔。

而且
我呀
搞不好是
神選之人。
為什麼
我不會長大
呢？

I.N.R.I.
喂，告訴我啊！
喂！

那是為了，
為了不讓你成為父親。
為了不讓你製造更多不幸的小孩啦。
……
(咚咚咚)
(咚咚咚)

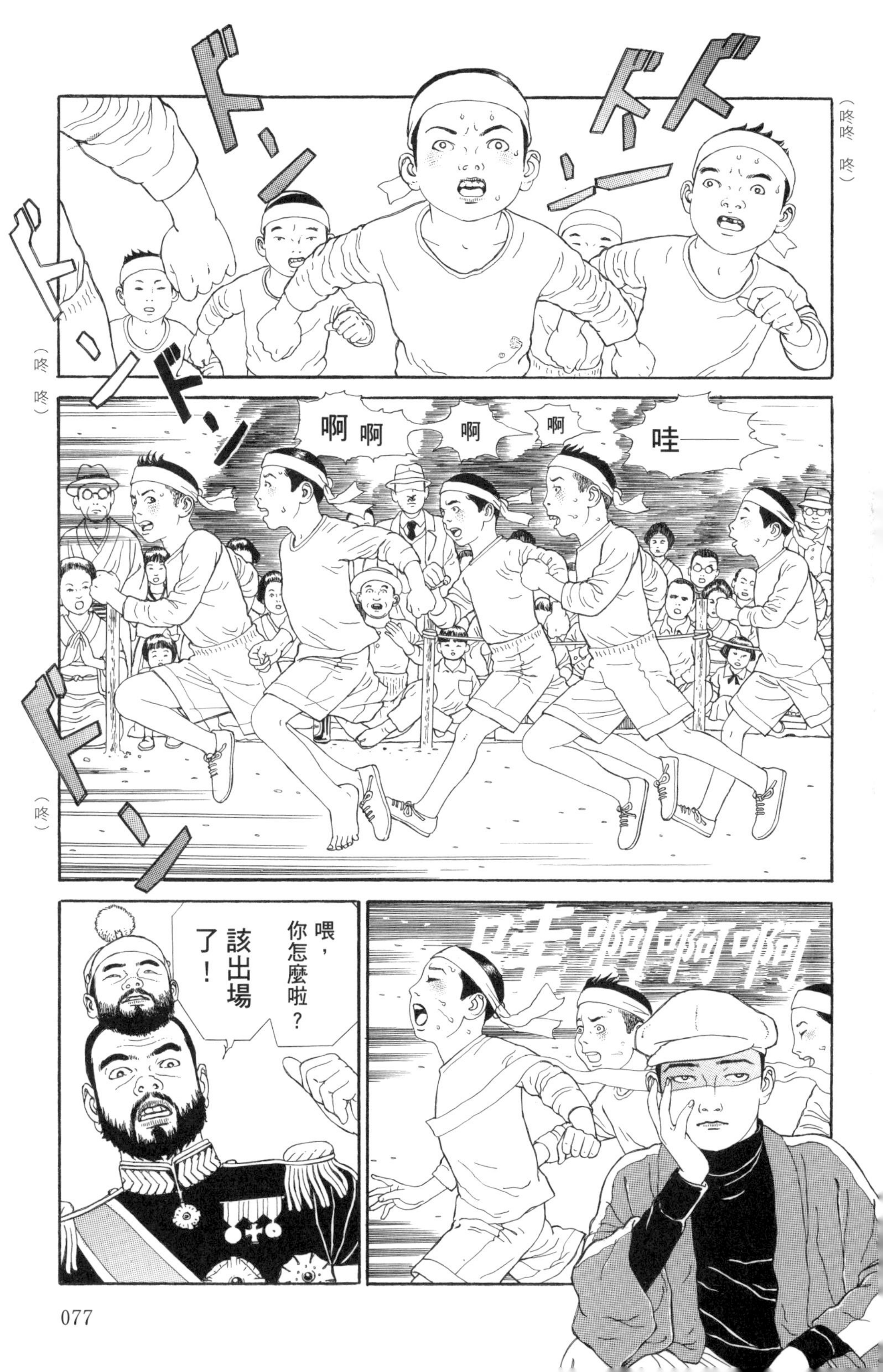
(咚咚咚)
(咚咚)
(咚)
啊啊啊啊
哇——
喂，你怎麼啦？
該出場了！
哇啊啊啊

タンーー
タンーー
（答答答）
タンーー
ダン
タン
（答答答）
ジャーン
ジャーン
（噹噹噹）
ジャーン
ジャーン
（噹噹）
タン
（答）
タタン
ジャン
（噹答）
ジャーン
ジャーン
ジャーン
（噹噹噹噹）
念念有詞
念念…
タン
（答答答）
タタン
ジャーン
ジャーン
（噹）
ジャーン
ジャーン
（噹噹）
（答噹）
（噹）

今天也是平日，客人不會來。
（答答）
念念有詞
タンタン
那爺爺在拜愛麗絲。
是想怎樣啊？
ジャーン
ジャン
（噹噹）
愛麗絲的腳不會動，
所以稻草人在布幕後面彈大正琴呀。
思慕倩影，對著雨……
ジャーン
ジャン
（噹噹）
欸……
你幫這兩個孩子想藝名了嗎？
啊，對喔。
取什麼好呢～～
嗯～

!
目薬の王者☆化丹製薬工業
自働容器の
トミノ目薬*
高貴薬配剤
効力第一
好，決定了!!
*托米諾眼藥水
托米諾。
化丹。
タン タン タン タン タン
（答答答答答）

第二章　淺草的乳房

你這傢伙，竟敢欺騙妾身
我要詛咒你
ドドドン
(咚咚)
ドドン
(咚)
ドドドン
(咚咚咚)
呼
啊啊
呼—呼—
咿—
ドドドン
(咚)
(咚咚)

怪談
呪ゐの沼
歌川唄子
主演
（咚咚）
（咚咚咚）
呼……
（咚咚）
歌川唄子，
好可怕呀。
好噁心喔。
什麼!?
噁心？
我不要
再帶你
去看囉。
氷

待望久し世界の名篇!!
街の灯
チャーリー
チャップリン主演
Charlie
CHAPLIN
ユナイテッドアーチスツ
超特作發声日本版
十六日
十七日
電氣館
オールトーキー
沓掛時次郎
好想看這部呢。
（咚咚）
ドーン
ドーン
何が彼
大河内傳
（咚）
ドーン

我討厭
卓別林。
ドーン
ドーン
(咚 咚 咚)
夏川靜江
坂東好太郎
飯塚敏子
バタ バタ バタ
(啪 啪 啪)
ドーン
ドドドーン
(咚 咚 咚)
迷子札
喂喂，
別迷路
喔。
你走好快。

歌川唄子？
那個人已經三十歲囉。
你喜歡那一型？
唧唧
唧
唧
唧
帝王切開

……
小弟弟，你在玩嗎？
そば
咦!?那個人不是歌川唄子嗎？
咦!!
ボーイキャラメル*
*BOY牌牛奶糖
謝謝妳！

（咻——）

喔呵呵呵呵呵
(咚咚)
(咚咚)
(咚咚咚)
(咚咚)
汪去哪了？
哎呀！
拉茲洛先生，你看看這孩子！
咳
咳
這裡禁菸啊。

這是人？還是猩猩？
！
她就是愛麗絲對吧!!
妳好，
我是拉茲洛．萊文斯坦一。

金！
窣
拉茲洛先生，
你現在想要愛麗絲了是吧？
我是不會把愛麗絲給你的。
超級畸形兒
這種卓越人才，不可能再找到了。

喔？
他們是雙胞胎呢。
他們兩個比較可愛呀……我想讓他們當我的繪畫模特兒。
……
名古屋先生，那些傢伙是誰啊？
呸！

那個噁心的女裝老頭是畫家。
矮子外國人是貿易商……
THE FRUIT OF THE ORIGI SIN
熊童子
不過背地裡不知道在搞什麼。
聽說販毒也做。
毒品……!!
那個外國人是不得了的大變態咧。

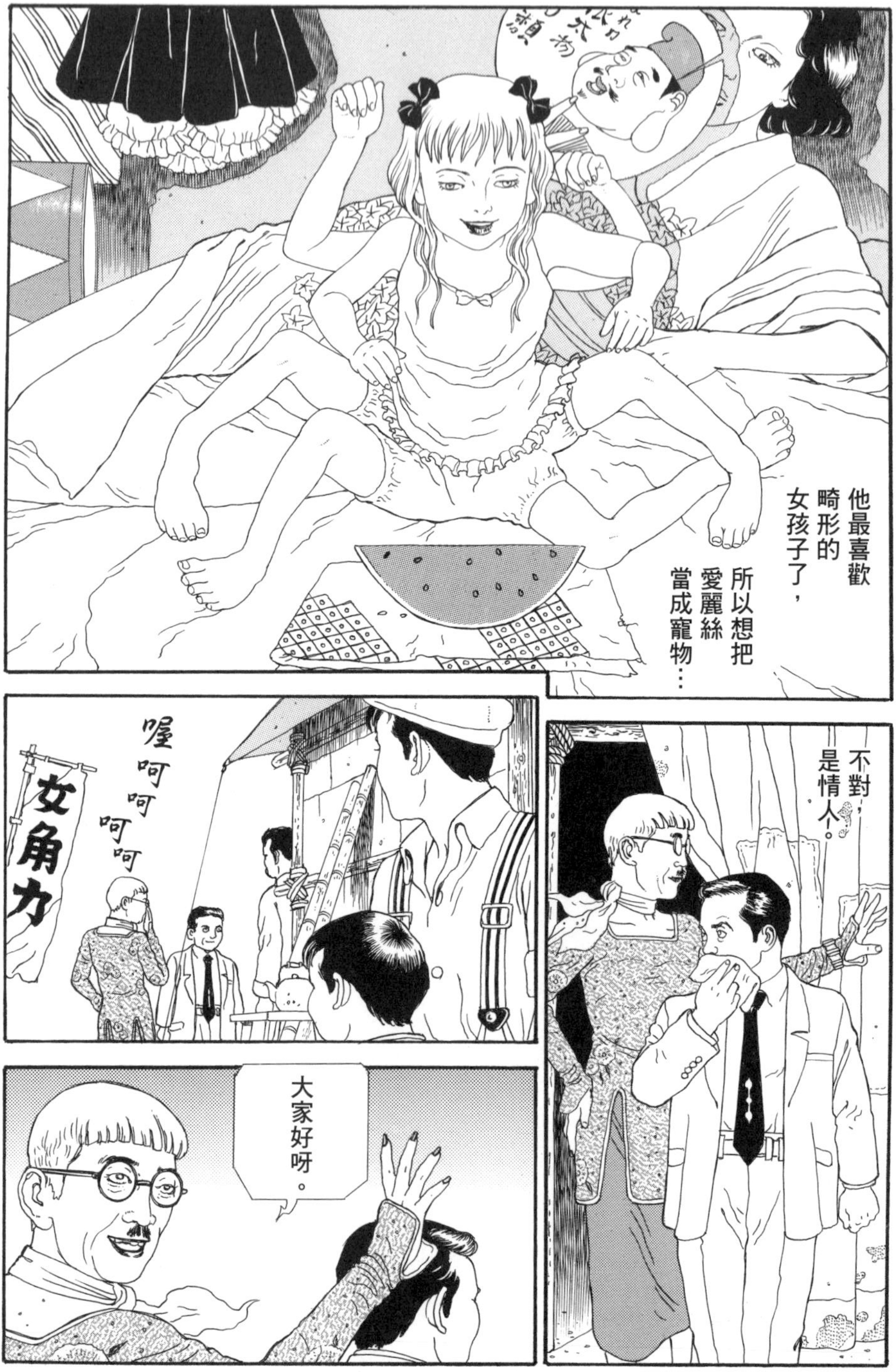
他最喜歡畸形的女孩子了，
所以想把愛麗絲當成寵物……
不對，是情人。
喔呵呵呵呵
女角力
大家好呀。

唧
唧
唧
唧呀 唧呀
拉茲洛先生的日文變好了呢。
大家說我原本就像日本人。
哈哈哈哈！
哈哈哈哈哈哈哈哈哈哈哈
哎呀，那個人不是歌川唄子嗎？

什麼，唄子!?
（咚）
（咚咚咚咚）
昌江……
不對，是唄子，
她徹底變成了一個大明星呢……
（咚）
（喀喀喀　喀喀喀）
汪!!
汪!!
（喀喀喀）

哈哈哈哈哈哈哈哈哈哈哈哈哈哈哈哈

那笑聲!!
那刺青!!
哈哈哈哈哈哈
我會把妳變成
大明星。
ガガ
(喀喀)

ドーン
（咚咚咚）
ドン
ドン
（咚）
ドーン
ドン
（咚咚）

ドッ
（咚）
歌川小姐，
不得了了!!
バサッ
（啪沙）
呼~
コトン。。。
（叩咚…）
您兄長
位於
埼玉的家，
上個月
發生火災——

火災！
全家人葬身火場！
ガチャ
（喀恰）
那兩個孩子也死了嗎!?
報紙的寫法是一家五口全數死亡——
但應該有七個人才對。
請冷靜下來。
您的兩個孩子也沒有被送到公所去。
而且從今年二月左右就下落不明了。

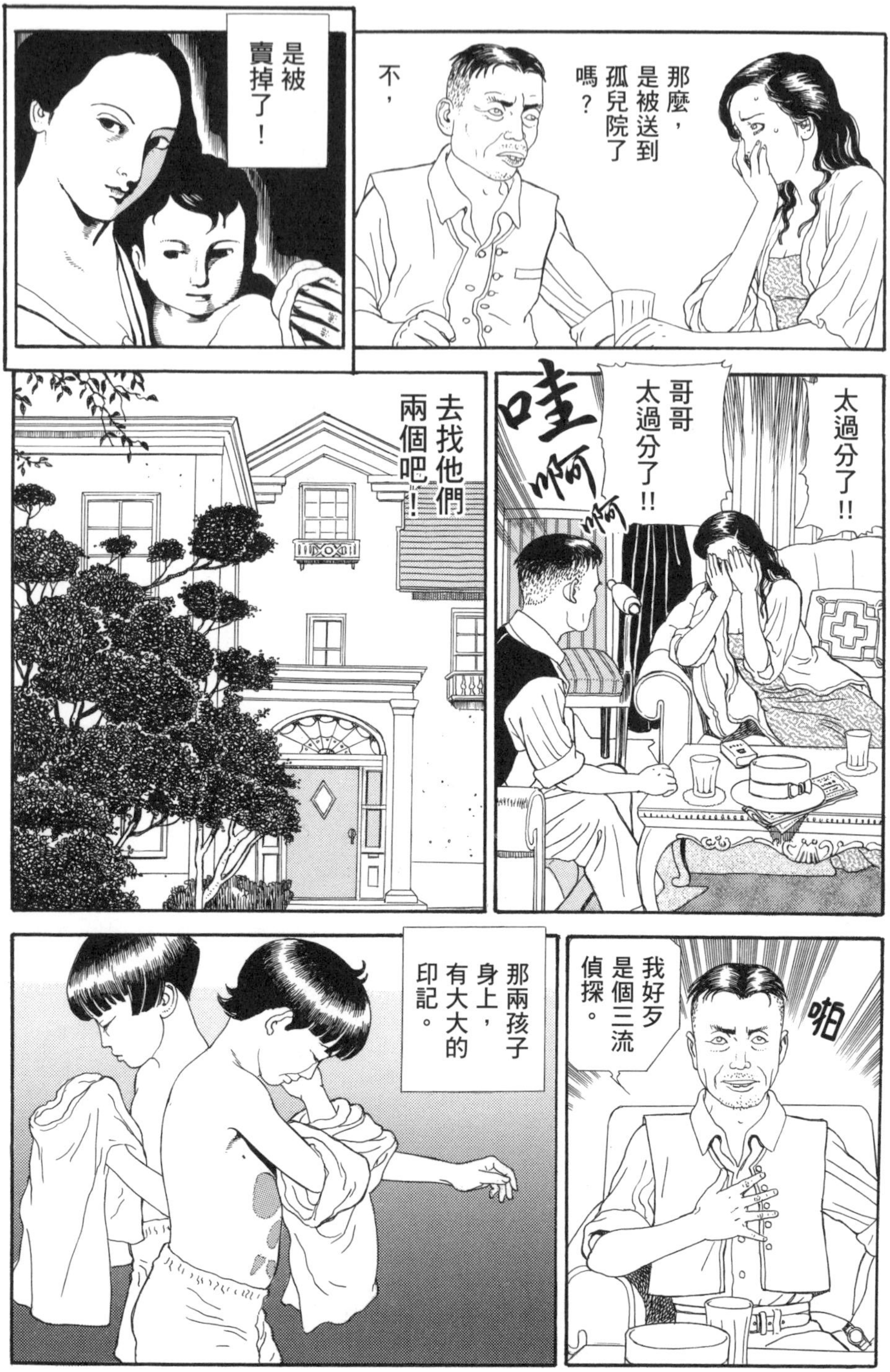
那麼，是被送到孤兒院了嗎？
不，
是被賣掉了！
太過分了!!
哥哥太過分了!!
哇啊啊
去找他們兩個吧！
我好歹是個三流偵探。
啪
那兩孩子身上，有大大的印記。

兩個人都有那種胎記……
真可惜呢。
膚色那麼白的說。
你們的爸媽是什麼樣的人？
嗯～
？
你們的身體裡是不是流著異國人的血啊？

這就是孩子們的父親。
喔？不是日本人呢。
這男人以前是搞劇團的，
我是團裡的女演員。
說是女演員，也沒混出什麼名堂。
パンタライ＊

＊萬物流變

那孩子們身上的胎記，
是我這個母親的罪惡印記。
（沙沙　沙沙　沙沙）
（沙沙沙）

拉茲洛的伴手禮嗎？
呼嗚嗚嗚……
（咚咚咚咚咚）
ドドドドドンドンドン
（咚咚咚咚）
ドドドドン
ロボット来る!!
ロボット
尖端をゆくグロレヴュー
人造人間
大實演
大公開
演藝座

プヴュウウ
（噗咻——）
ドーン ドーン
（咚咚）
ドン ドン
（咚咚）
ドン ガチャン
（咚 喀鏘）
ガチャン
（喀鏘）

（咚　咚　咚　咚）
後面裝了輔助輪。
這樣才不會往後翻呢。
不知裡面有沒有人呢？
（咚）
（嘰　喀鏘）
（咚）
（鏗　鏗　鏗）
（咚　喀鏘）
（咚　咚　咚）
（喀鏘　咚）

化丹去哪啦？
今戶神社。
馬上就要過來了。
ドン
（咚）
ドンドン
（咚咚）
正在跑。
?
ドン
（咚）
啊，跌倒了！
プシュウゥ
（噗咻）
ガチャ
（喀鏘）
妳、妳為什麼會知道？

唷。
ガチャン
（喀鏘）
哈哈哈。
小哥，你是雜耍團的嗎？
ドン
（咚）
ドン
（咚）
ドン
（咚）
難道那兩個人……
喔!?
化丹眞的跑過來了…

（噠噠噠噠噠噠）
哇！
那啥啊!?
（嗡～～）
對了！
我想到一個好點子了！
（噠）
化丹!!
托米諾!!

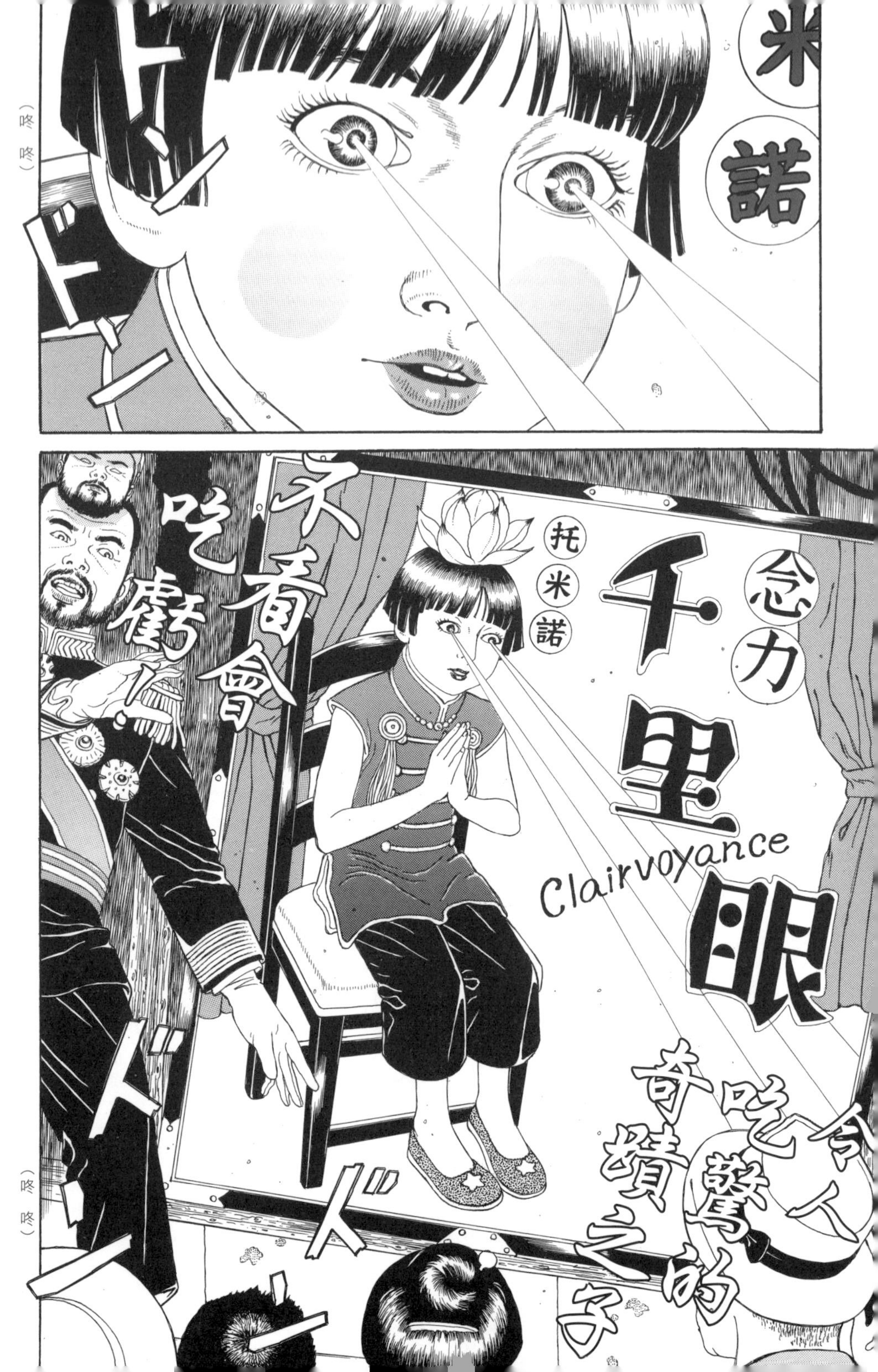
米諾
ドドン
(咚咚)
托米諾
念力千里眼
Clairvoyance
令人吃驚的奇蹟之子
不看會吃虧！
ドド
(咚咚)

煙火
煙火
那這個呢!?
隅田
喔喔喔~
煙火

隅田川
隅田川。
隅田川！
喔喔喔喔喔喔！
パチ
（啪 啪啪）
パチパチ
キ
（嗶～）
隅田川。

這個她會唸嗎!?
?
我孫子
我孫子
我孫子
咦!?
我…我系…
我系子。
啊哈哈哈哈哈哈哈哈哈!
是我孫子啦!
我…

（啪啪啪啪）
那一天我成了一個小紅牌。
來，這是零用錢。
請吃這個。
托米諾！
謝謝。
而且吃到肚子都撐起來了。

嘶—
嘶—
汽水，糙米麵包，冰淇淋……
西瓜，彈珠汽水，豆沙包。
呼
呼
麵包……
呼
呼
啊……
愛麗絲……
去哪了……
呼
呼
呼……
睡不著呢……
齁
呼
呼

這個借我一下。
（叮噹）
チャリーン
月亮啊出聲吧
映照出身影吧
生ビール
啊!?
光會投下光輝
是種罪過

※〈沓掛小歌〉長谷川伸　作詞
奥山貞吉　作曲

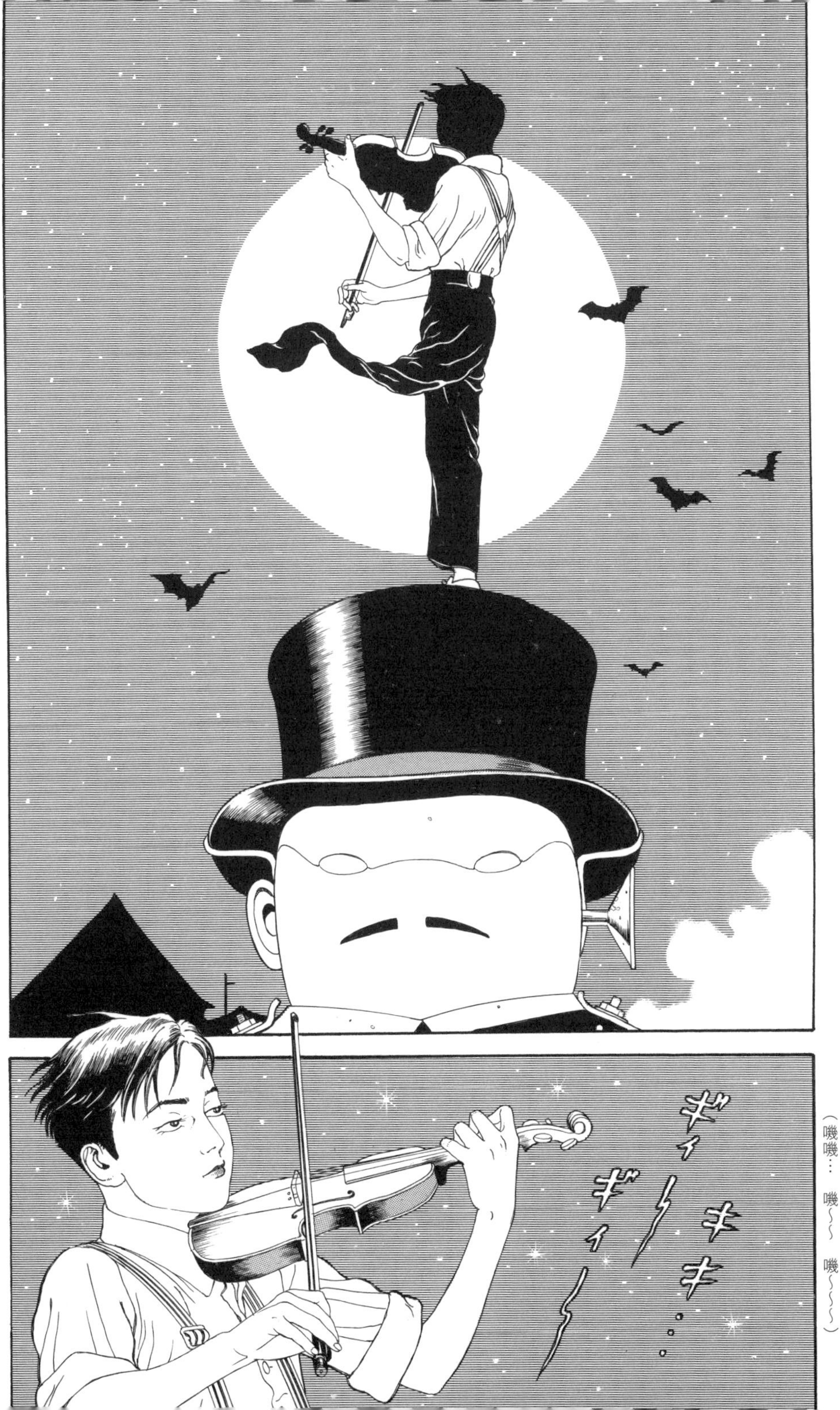
ギィ〜
キキ…
ギィ〜〜
（嘰嘰… 嘰〜〜 嘰〜〜〜）

那傢伙只有一條腿，但身手還真矯健呢。
唔。
怎麼啦？
拉屎去！
（唧——唧——唧——唧——）
（唧——）
（唧——唧——）
『野外拉屎 聽蟲鳴 還要一會兒吧』
添田啞蟬坊

# 第三章　奇詭販子（一）

米
諾
嘖，下雨了……
觀賞費是看完再付……嗎？
（啪啪啪）
兩國！
兩國

パチ
チ
パチ
パチ
(啪啪啪)
托米諾妹妹!!
パチ
チ
托米諾!
請妳吃這個喔。
パチ
チ
(啪啪啪啪)
謝謝。
托米諾
ピチャ
ピチャ
(嘩啦 嘩啦)
哎呀？
沒人在？
真隨便呢……
キネマ
八月號

喝啊
(咚)
(咚咚咚)
(咚)
(咚)
(咚咚咚)

開始！
ドドド
（咚咚）
ドドドド
（咚咚咚咚）
ドン
（咚）
？
嘻嘻嘻…
ドン
（咚）
矮個子叔叔。

(咚)
你們小屋要不要⋯買下這孩子呢？
(咚咚)
(咚)
要不要買下這孩子呢？
(咚)

托米諾
托米諾
托米諾妹妹，來當我們家的小孩嘛。
哈哈哈哈
呼

哎呀，
是托米諾
妹妹啊。
來我們店
吃飯吧，
很好吃喔。

化丹。
受歡迎的老是托米諾，所以——
（嘰嘰——喀鏘）
嚇!?

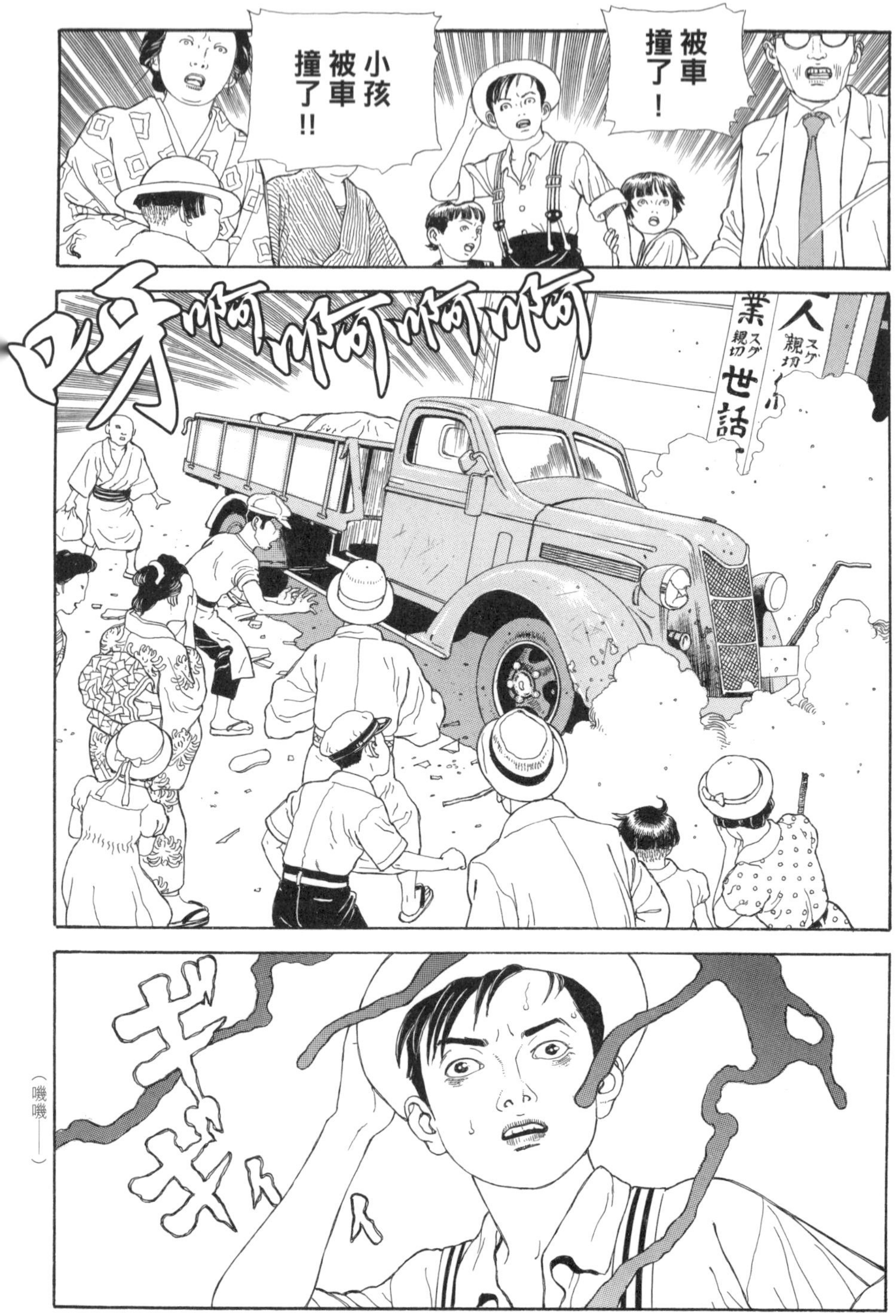
被車撞了！
小孩被車撞了!!
呀啊啊啊啊
人
業
親切
スグ
世話
（嘰嘰——）

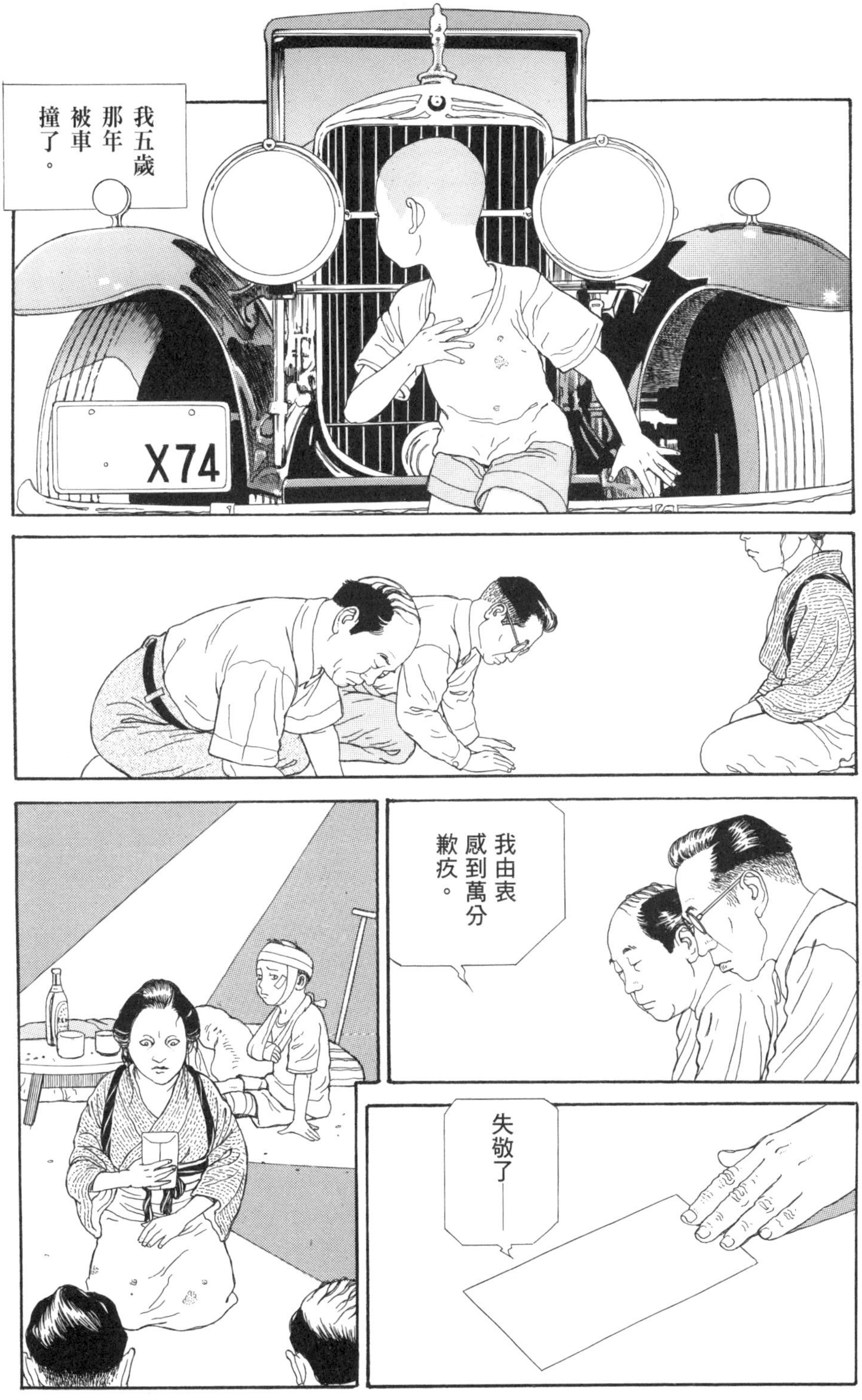
我五歲那年被車撞了。
X74
我由衷感到萬分歉疚。
失敬了——

媽就在這時發狂了。
中将湯
不要緊的。
要巧妙地用身體去碰車子喔。
這樣就能拿到很多錢

715
車子逃了，
我失去了左腳。
你們猜我媽當時怎麼說？
我為什麼運氣這麼差呀！

稻草人
稻草人
不過，
只有一條腿的我，
並沒有輸給
其他人。
我在運動會
拿到了
一等獎呀！

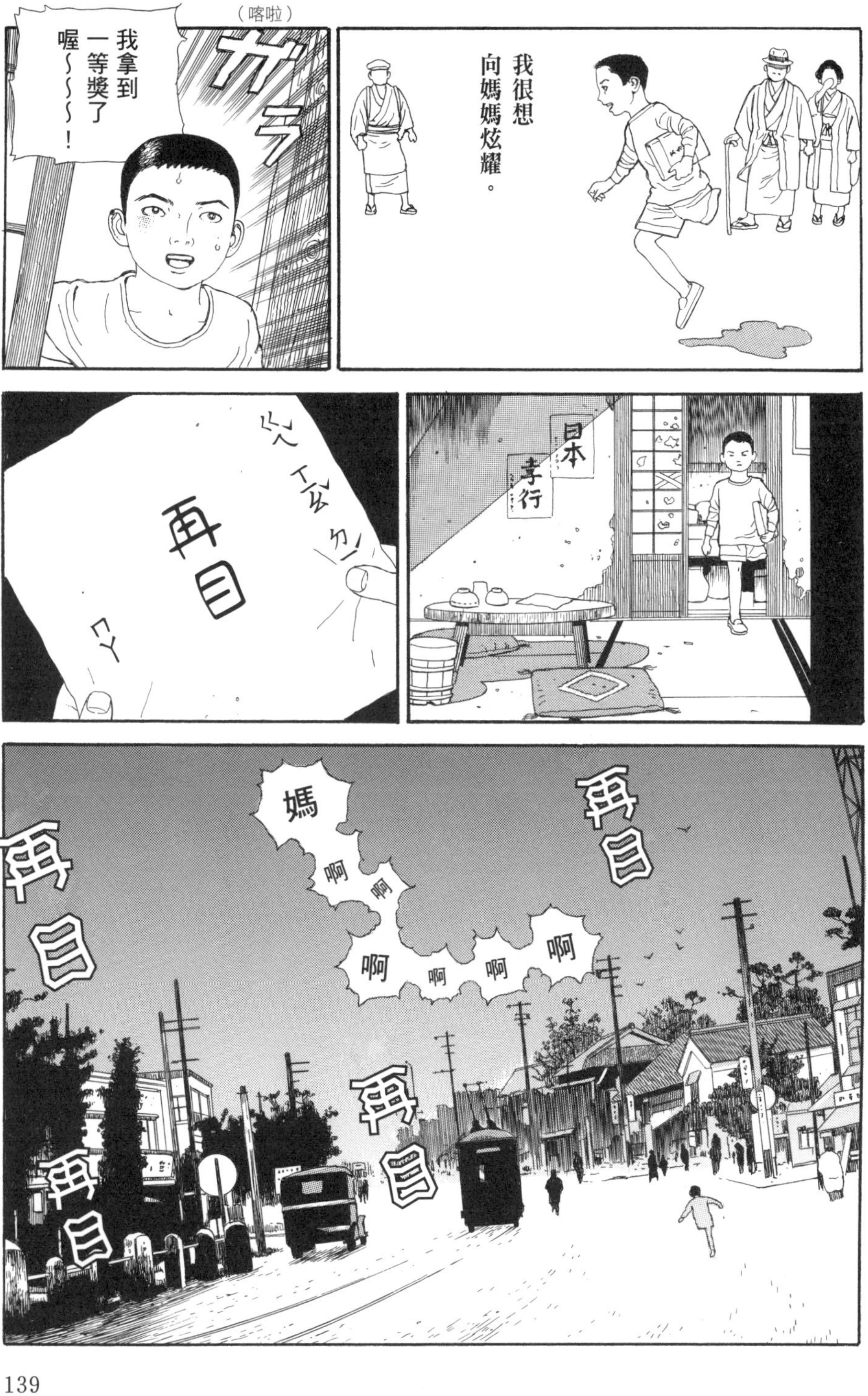
我很想向媽媽炫耀。
（喀啦）
ガラ
我拿到一等獎了喔～～～～！
日本
孝行
再目
媽啊啊啊啊啊啊
再目
再目
再目
再目

死老太婆！
連再見都寫不好啊，我那時心想。
後來——
什麼啊，講自己的身世給小孩子聽喔？
住手啦！
（啪）

咦…？
頭足八綱八腕目
愛麗絲呢？
一陣子沒看到愛麗絲了呢——
頭足八綱八腕目
難道，被那個變態老外……
誰知道啊。
愛麗絲搞不好不會再回來了呢。
咦!?
汪
應該是打算用愛麗絲搞些新花招吧。

ドドン
(咚咚)
黃金卍教会
ドドン
(咚咚)
ドドン
ドドン
(咚咚)
ドドン
ドドン
(咚咚)

ドン
（咚）
ドン
ドン
（咚 咚）

ドン
ドン
（咚 咚）

信徒在等公主大人出場。
讓他們等吧。
我正在讓她練習運筆。
張，你跟在愛麗絲……
不對，是跟在公主大人身邊。
蠢蛋！
見世物小屋※的頭頭跟在她身邊要做啥？
ドドド
（咚咚咚）
那您呢？

※ 譯註：以畸人奇物、雜耍表演吸引人付費入場的表演空間。

(咚咚)
(咚咚)
(咚)
阡手公主駕到!!
(咚咚)

ドン
(咚咚)
ドン
ドン
(咚咚咚)
ドン
ドン
ドン
(咚)

# 第三章 奇詭販子（二）

スー
(沙——)
喔
感謝您。

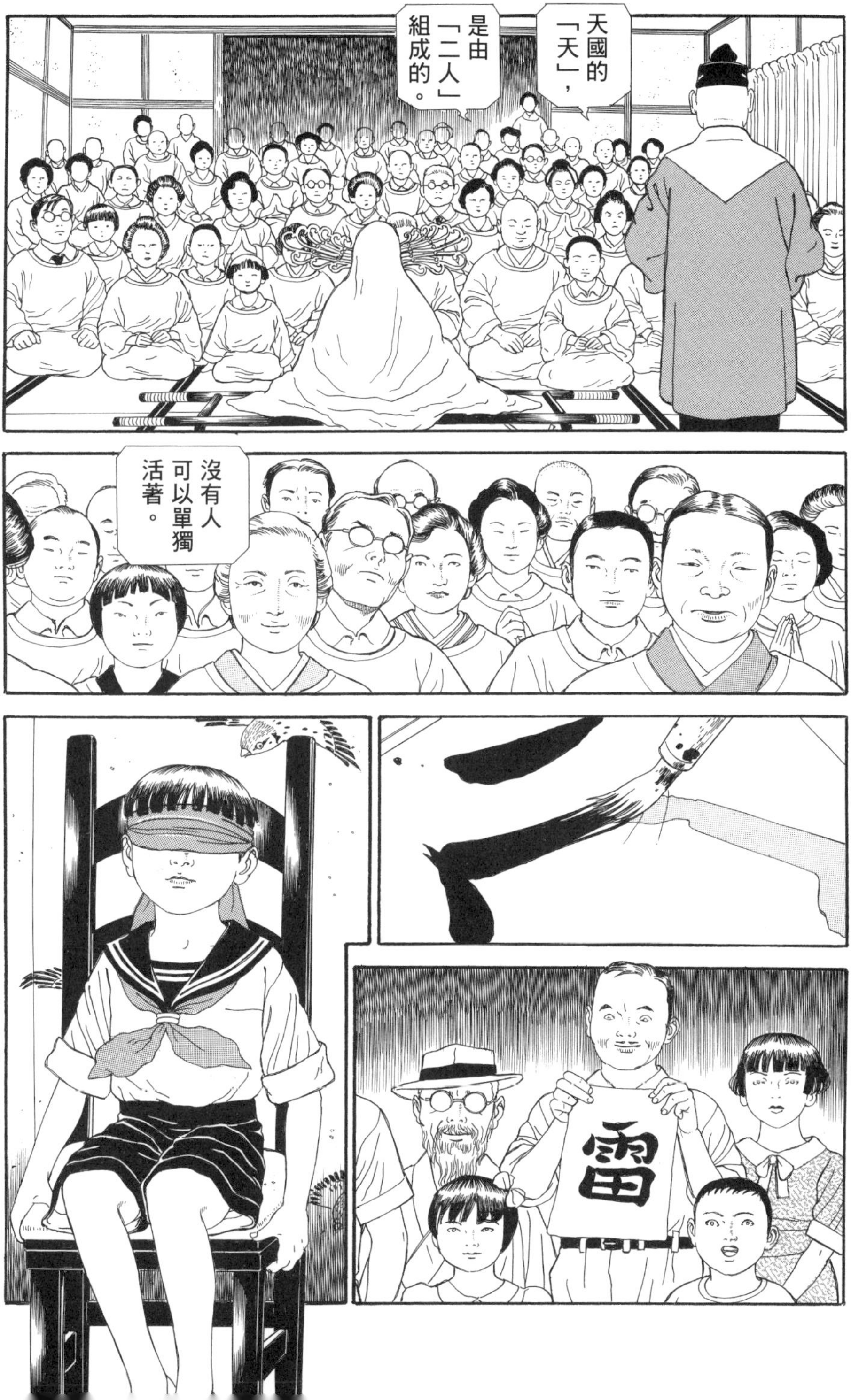
天國的「天」，
是由「二人」組成的。
沒有人可以單獨活著。
雷

雷！
喔喔
パチパチ
（啪啪啪）
喔喔
這個呢？
紀元節
パチパチ
（啪啪）
パチ
（啪）
ㄐ
ㄐㄧˋ
ㄩㄢˊ
ㄐㄧㄝˊ

?
紀・元・節
(唰)
啊…
這幾個傢伙是誰啊!?
那個矮子在幹嘛!?
ガタ
(喀達)
矮子用手語告訴他答案。
可是，為什麼能傳到那孩子那邊呢？
對啊。
紀元節

反正一定有什麼機關啦。
才不是什麼千里眼，是戲法。
作弊！
作弊！
不過，見世物演藝就是這麼一回事，怪罪這點就太不通人情了。
說得對。
才沒有什麼機關咧!!

這兩個孩子真的有感應能力！
看完再付觀賞費！
ピッ
（答）
チ
（叮）
哎，真好笑！
哈哈哈哈哈
我們如果識字，就會更順利了呢。

魚的細刺
用鑷子夾掉，
一根都
不准剩。

嗡嗡……
有蒼蠅啊，想辦法弄走。
是。
呼
呼
呼

ボーイキャラメル
BOY
再・見・了

※編按：木口小平（一八七二～一八九四），為大日本帝國陸軍士兵，於中日甲午戰爭中擔任小號手，因戰死時仍未將小號從嘴邊放下而為人所知，後被尊為民族英雄。

寫字並不難啊。
A。
I。
U。
E。
O。
再寫整齊一點。
A、I、U
E、O。
Ka
Ki
Ku
Ke
Ko
唧唧唧！
唧唧唧！
唧唧唧唧…！

(咚咚咚咚)
張！
(咚)
(咚)
(咚)
(咚)
(咚咚咚)
(咚咚)
(咚 咚)

昨晚，
我的夢中
出現了一位
燦爛發光的
貴人。
發自內心敬拜
金髮少女的身體，
便能蒙召作
天國子民。
……他
留下了
這個啟示！

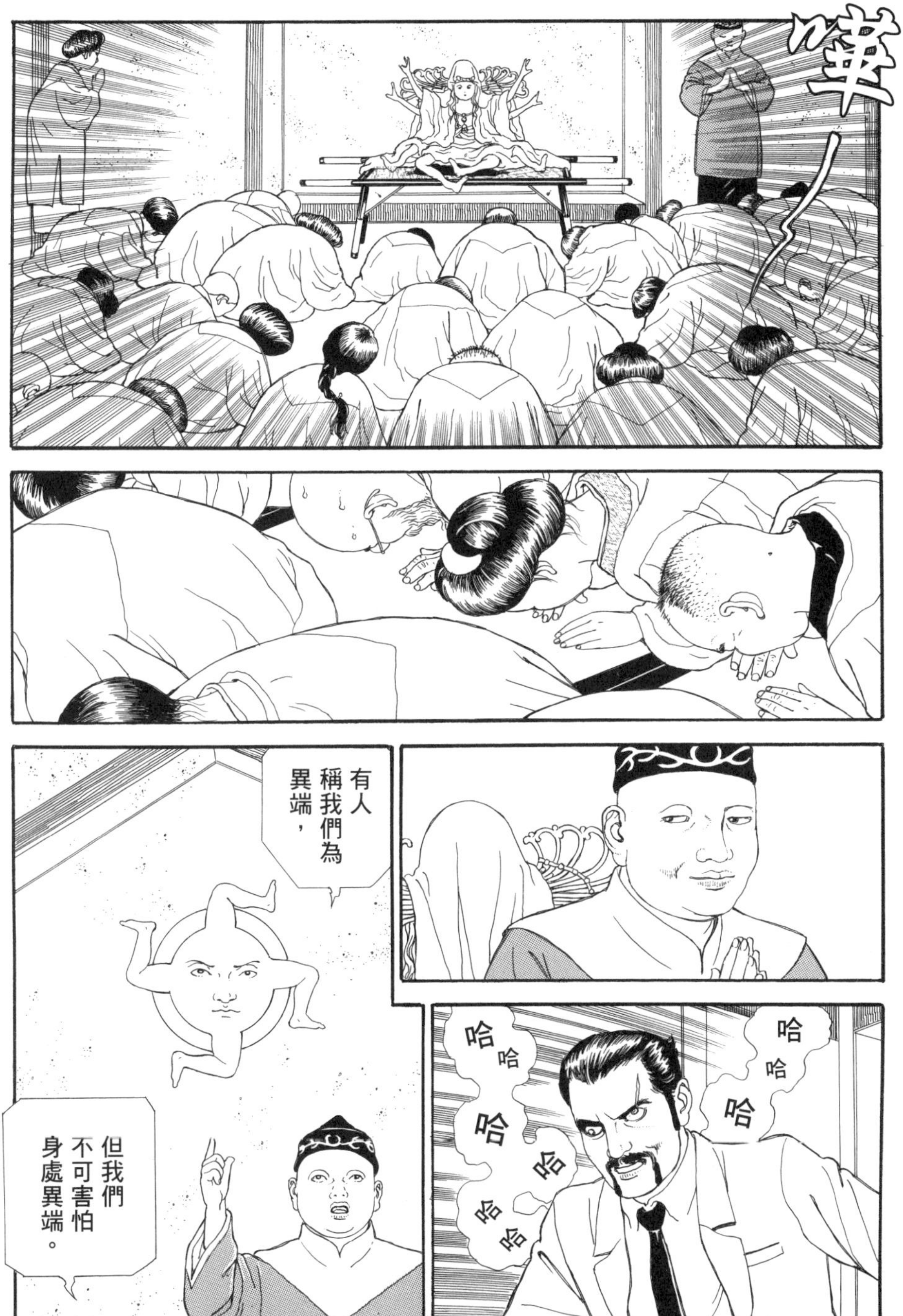
嘩—
有人稱我們為異端，
哈哈哈
哈哈哈哈哈哈
但我們不可害怕身處異端。

漠不關心
才是
最可怕的。
凡人再怎麼
絞盡腦汁，
也終究無法
下定決心之時，
有客人。
凡人
選擇罷休，
對神五體投地
之時，
不准來
這裡。
有什麼
事？
ドッ
……
神才終於會
對真心人
伸出援手。

（答）

請給我一點錢。
愛麗絲離開之後，招不到客人。
（喀嚓）
（轟）

パチパチパチパチ
（啪啪啪啪）
キャリン
（叮鈴）
謝謝。

(叮鈴)
チャリン
謝謝。
(叮鈴)
チャリ!!
啊!!
(咚~~ 咚~~)
ゴオオーン
ゴオオンン

(劈啪)
咦!?
要化丹學噴※?
※噴火雜技
不可能的!!
不可能嗎?
印度人學得會，這傢伙沒道理學不會。
(劈啪……)
讓我來!
你來沒屁用。

呸
用水練習。
不行！
吐更大力一點。
好，這次用油。
用水再練一下比較好吧…
給我上！
抖

哇
太棒了!!

呀啊啊啊

（咚）
化丹啊!!
（撲）
（嘩啦）

化丹啊!!
（喀答　喀答　空隆）
ガタゴトガタン　ガタン
ピィ
（嗶——）
怎麼啦？
ガタン
（喀答）
啊!!

ゴトン
（空隆）
臉突然變燙了……
托米諾——
接下來要負責照顧愛麗絲唷。
ガタン
（喀答）
化丹的工作照舊喔。
ゴトン
ガタン
（空隆 喀答）
就這樣，托米諾和化丹分開生活了。
ゴォオオ
（嘟——）

# 托米諾的地獄 1 完

被拆散的托米諾和化丹，會迎接什麼樣的命運……
悲運昏暗且無花，活在無明中的天真雙胞胎。
怪物般的雜藝者，「幽靈」女優，黑市商人。
還有，噴火吐血的見世物小屋畸人。
關注他們各自跋涉的地獄巡禮之來龍去脈，
目睹終將來臨的大團圓之預兆，並為之顫抖吧。
浪漫長編愛恨復仇譚，即將進入第二集，世界引頸期盼。

首度刊載於　月刊《Comic Beam》二〇一四年三月號～六月號、十月號、十一月號

# 《托米諾的地獄》藝廊

丸尾末廣會在單行本製作階段大幅修改雜誌連載內容、加筆、更動故事結構。

以下收錄的是作爲月刊《Comic Beam》二〇一四年五月號扉頁繪製、發表，製作單行本時遭到刪除的原稿。

の地獄

作者

## 丸尾末廣

一九五六年（昭和三十一年）一月二十八日生，長崎縣人。

年少時期熱中於漫畫雜誌《少年 KING》、《少年 MAGAZINE》，立志成爲漫畫家。十五歲前往東京，十七歲投稿至《少年 JUMP》，但理解到自己的風格與少年雜誌不符後，有一段時間停止創作漫畫。二十四歲時以〈繫緞帶的騎士〉出道。二十五歲時出版首部單行本《薔薇色的怪物》。此後，陸續發表許多漫畫、插畫作品，以挑戰禁忌的獨特題材、劇情及表現手法獲得廣大人氣。代表作另有《少女椿》、《犬神博士》等。二〇〇八、〇九年分別出版改編自江戶川亂步原著的《帕諾拉馬島綺譚》及《芋蟲》，並以前者獲得第十三屆手塚治虫文化賞新生賞。二〇一六年眞人版電影《少女椿》上映（TORICO 執導）。除本作外，繁體中文版已出版作品有《芋蟲》、《少女椿》、《發笑吸血鬼》、《帕諾拉馬島綺譚》（皆由臉譜出版發行）。

譯者

## 黃鴻硯

公館漫畫私倉兼藝廊「Mangasick」副店長。

《漫漶：日本另類漫畫選輯》翻譯與共同編輯者。近年爲商業出版社翻譯丸尾末廣、駕籠眞太郎、松本大洋的漫畫作品，也進行逆柱意味裂、不吉靈二、好想睡、Ace 明等小衆漫畫家的獨立出版計畫，幾乎每天都透過 Mangasick 臉書頁面散布台、日另類視覺藝術相關情報。

PaperFilm 視覺文學 FC2082

# 托米諾的地獄　1

2023 年 6 月　一版一刷

作　　者　丸尾末廣

譯　　者　黃鴻硯
責任編輯　謝至平
裝幀設計　馮議徹
行銷業務　陳彩玉、林詩玟
排　　版　傅婉琪

發 行 人　凃玉雲
編輯總監　劉麗真
出　　版　臉譜出版
城邦文化事業股份有限公司
台北市民生東路二段 141 號 5 樓
電話：886-2-25007696 傳真：886-2-25001952

發　　行　英屬蓋曼群島商家庭傳媒股份有限公司城邦分公司
台北市中山區民生東路二段 141 號 11 樓
客服專線：02-25007718；25007719
24 小時傳真專線：02-25001990；25001991
服務時間：週一至週五上午 09:30-12:00；下午 13:30-17:00
劃撥帳號：19863813 戶名：書虫股份有限公司
讀者服務信箱：service@readingclub.com.tw
城邦網址：http://www.cite.com.tw
香港發行所　城邦(香港)出版集團有限公司
香港灣仔駱克道 193 號東超商業中心 1 樓
電話：852-25086231　傳真：852-25789337
馬新發行所　城邦(新、馬)出版集團
Cite (M) Sdn. Bhd. (458372U)
41, Jalan Radin Anum, Bandar Baru Seri Petaling,
57000 Kuala Lumpur, Malaysia.
電話：+6 (03) 90563833　傳真：+6 (03) 90576622
電子信箱：services@cite.my

ISBN 978-626-315-294-6 (紙本書)
ISBN 978-626-315-301-1 (EPUB)

售價：250 元
(本書如有缺頁、破損、倒裝，請寄回更換)

# 臉譜 PaperFilm 視覺文學書系 丸尾末廣 作品

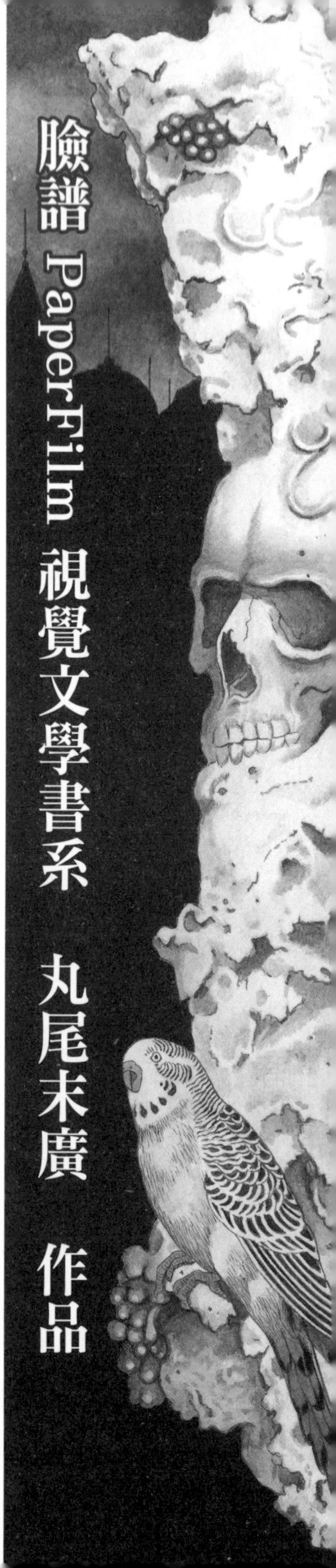

## 少女椿

「我們如此不堪入目，請見諒。」
奇慘地獄裡的純情畸戀，一部異色絕倫的「薄幸系」少女成長物語。
曾改編爲動畫化及真人電影，丸尾末廣生涯代表作。

## 芋蟲

原作 江戶川亂步

極度赤裸的人性矛盾，一場愛、慾、恨交織的殘酷人間悲劇——當摯愛回到了身邊，卻不再是「人」，這是上天賜予的奇蹟，還是要將妳拖進地獄的噩夢？
以極致妖美之繪，重現日本文學史上最震懾人心的反戰禁忌經典。